LE

TRIOMPHE

DES LYS.

Par J.-B. BOUTROUX-LAUZE, Avocat.

A PARIS,

DE L'IMPRIMERIE DE LAURENS AÎNÉ, QUAI DES
AUGUSTINS, N°. 19.

1815.

LE
TRIOMPHE
DES LYS.

Pectori, sed non ingenio, loquor.

Pour achever ta perte, ô Français valeureux !
Trop long-temps le jouet d'un règne désastreux,
Un vil usurpateur t'eût fait réduire en cendre,
Si le Ciel n'eût guidé l'héroïque Alexandre,
Et si ton esprit, mû par un secret moteur,
Ne l'eût considéré comme un libérateur :
Muses ! quittez soudain le Pinde et le Parnasse,
Pour m'aider à chanter sa généreuse audace :
Jamais sujet ne fut si touchant ni si haut ;
Mais, le traitant sans vous, je crains d'être en défaut :
Venez donc animer les accens de ma lyre,
Venez dicter les vers que ce héros m'inspire.

Vivement indigné du pouvoir insolent,
Qu'exerçait Bonaparte envers le Continent ;
Vivement indigné des traits de perfidie
Qu'il s'est permis envers une puissance amie ;
Jaloux de rétablir le trône des Bourbons ;
Jaloux de délivrer le Chef des Saints-Canons ;

Jaloux d'anéantir un être de discorde ;
Jaloux enfin de rendre aux Peuples la concorde ,
Dans ces nobles desseins le magnanime Czar ,
Digne héritier d'Hercule et du premier César ,
De son vaste palais , des rives de la Néve ,
D'abord , force le Turc à souscrire une trève ;
Puis s'allie aussitôt, sous la foi des sermens ,
Avec les fiers Anglais , Prussiens et Allemands ;
Et nommé Général d'une auguste alliance ,
Bientôt, sur divers points , ils se présente en France.
Alors , surpris d'ouïr les sons tumultueux ,
Que répandent dans l'air des chars impétueux ,
Le Franc ne sait d'abord le parti qu'il doit prendre :
Faut-il qu'il se défende ? ou bien doit-il se rendre ?...
Mais , tandis qu'en vains mots'il laisse fuir le temps ,
Le Russe , en Prince adroit, profitant de l'instant ,
Déjà l'Escaut, le Rhin , le Rhône et la Garonne ,
Joyeux d'avoir porté chacun une couronne ,
Ont à terre rendu ses braves légions ;
Et venu sans malheur jusqu'à ces régions ,
Tout lui fait présager une entière victoire ;
Mais à gagner les cœurs il met d'abord sa gloire ,
Et c'est avec regret, qu'en déployant son bras ,
Il cause aux citoyens quelque rude embarras ;
Cependant, vers son but à grands pas il avance ,
semant de tous côtés des traits de bienfaisance ,
Et , publiant partout ses généreux desseins ,
Il reçoit des Français toutes sortes de soins ;
(Plusieurs même ravis de sa juste entreprise ,
Désirent de leur sang cimenter sa devise , (a))

(a) Paix aux Peuples et plus d'usurpateurs.

(5)

Et déjà parvenu jusqu'aux monts Champenois ,
Il tient, de ce côté, le Brabant et l'Artois ;
Puis occupant, à l'est, l'Alsace et la Lorraine ,
Au sud, le Lyonnais, à l'ouest, la Touraine ,
Et bien d'autres pays, déjà pacifiés ,
Par les soins vigilants de tous les Alliés ,
A voler sur Paris, enfin il se dispose ,
Et permet que sa troupe un moment se repose.

Mais bientôt averti de ces premiers succès,
Bonaparte entreprend d'arrêter leurs progrès ;
Il lève en diligence une armée innombrable ,
Et s'élance dessus le Russe redoutable ;
Mais qu'espérer encor de ses jeunes conscrits ,
Contre de vieux soldats tous fort bien aguerris ?
Néammoins la pluspart quoique levés par force ,
Et sachant , tout au plus , mettre au fusil l'amorce ,
Demandent , à grands cris , inspirés par l'honneur ,
D'en venir au combat, de montrer leur valeur ,
Et voyant l'ennemi tout prêt à se défendre ;
Pour signal du combat le somment de se rendre...

Alors notre héros , se voyant provoqué ,
Après avoir du ciel le secours invoqué ,
Reçoit le Corse et bat ses premières phalanges ;
Il semble secondé d'une milice d'Anges :
Aussi partout ou voit le Français expirant...
Des bourgs sont dévastés , chacun fuit en pleurant...
Et dans ce vif effroi , tous cherchant un asile ,
L'un gagne la forêt, l'autre gagne la ville ;
Mais d'autres ne sachant où diriger leurs pas ,
S'attendent à subir les plus cruels trépas.

Le Corse voit leurs maux d'un œil sec et farouche ;]

Janvier
1814.

On cherche à le fléchir ; mais pas un ne le touche ; ...
Et loin de composer , sa folle ambition
Lui troublant tout-à-fait l'imagination ;
Il ne veut rien devoir qu'aux efforts de ses armes ;
Dans ce dessein fougeux il réduit tout en larmes ;
Il va jusqu'à lever les époux , les vieillards ,
Et les fait tous partir sous ses noirs étendards ;
Puis revenant soudain sur son noble adversaire ,
Il tente de nouveau les chances de la guerre ;
Mais adieu la victoire ! Elle a fui les aiglons .
De l'ennemi juré des augustes Bourbons ,
Et suivant constamment leur appui débonnaire ,
Sans cesse elle lui prête une main tutélaire :
Ainsi , de toutes parts , le Corse repoussé ,
De vers la capitale est déjà repassé.
Alors forcé de faire une ample résistance ,
Paris bientôt est mis en état de défense ;
Mais se croyant perdu l'on dit que le pervers ,
Prétendait, par sa chûte , étonner l'univers ;
On soutient qu'il jura , dans sa rage profonde ,
D'ensevelir Paris sous la terre ou dans l'onde ,
Si , réduit au milieu de ce retranchement ,
On voulait le traiter sans nul ménagement.

O Dieu , puissant et juste , écoute ma prière !
De ce guerrier fougueux dompte le caractère !
Préserve tes enfans d'une fâcheuse mort !
Des malheureux Troyens évite leur sort !
Fais au moins que les bons , victimes des coupables ,
Ne soient pas confondus avec ces misérables !.....

Cependant le héros , pour les Français porté ,

De leur misère affreuse a le cœur tourmenté ;
Il voudrait de Paris éviter le pillage ,
Et même prévenir le plus léger outrage ;
Il voudrait des Bourbons protéger les palais ,
Et surtout rallier les fidèles Français ;
Et mettant en pratique une ruse de guerre,
(L'instrument favori de son rude adversaire ,)
Il recule à dessein d'attirer cet Argant :
Brûlant de réprimer son esprit arrogant :
Aussitôt, celui-ci rassemble tout son monde ;
Il met à conférer au plus une seconde ;
Puis , prompt comme un éclair , il fond sur son rival ,
Et prétend l'enchaîner à son char triomphal ;
Mais , semblable au chasseur qui tombe , sans prudence,
Sur un lion blessé par le plomb ou la lance ,
Bientôt il voit détruit le prestige trompeur ,
Qui , peu d'instans avant , cachait sa folle erreur :
L'adroit Russe , en effet , saisit cette sottise ,
Pour couronner enfin sa brillante entreprise ,
Et changeant , tout-à-coup , ses dispositions ,
Vers des sites nouveaux presse ses légions :
Il marche jour et nuit sans jamais prendre haleine,
Aujourd'hui vers la Meuse , et demain sur la Seine ,
Et malgré l'aquilon , et malgré les frimats ,
Tour-à-tour il soutient ou livre des combats ;
Puis , selon le local , il recule ou s'avance ,
Si bien que Bonaparte est bientôt sans défense ,
Et tandis qu'il l'amuse avec quelques partis ,
Aussi prompt que son aigle il revient sur Paris.

On se défend d'abord ; mais Dieu ! Par quels miracles,   30 Mars,
A-t-on de la concorde écarté les obstacles ?   même an-
née.

Est-ce une illusion ? Est-ce un rêve flatteur ?
Non : les Parisiens mûs par le Suprême-auteur,
Ont du Corse superbe abandonné l'empire,
Et mis finalement un terme à son délire ;
Et, d'après un accord, utile aux deux partis,
L'habile Moscovite est entré dans Paris.

3ⁱ dudit mois.

Aussitôt les Bourbons remontent sur le trône ;
Le ciel, aux cris des Francs, de nouveau les couronne ;
Dedans Fontainebleau, l'usurpateur rétif,
Malgré ses grands débats, est soudain fait captif ;
Et de ces coups heureux, ô grâce inattendue !
L'Europe gémissante à la paix est rendue :
En même-temps le Pape, avecque dignité,
Voit terminer les maux de sa captivité,
Et Rome et les chrétiens à la douleur en proie,
Passent subitement à la plus grande joie.

Ainsi n'aura paru ce moderne Néron,
Que pour faire un pendant au monstre de ce nom :
Tels, on voit en été, quelquefois en automne,
Des brouillards du matin s'élever en colonne,
Se convertir en foudre, enfanter des grêlons,
Et détruire à-la-fois hommes, troupeaux, moissons :
Tel, on a vu ce Corse, à son début en France,
Etre nourri, vêtu, soigné par bienfaisance ;
Puis, profitant du trouble, entrer dans les emplois,
Ceindre le diadême, ôter, créer des rois ;
Et bientôt abusant d'une force surprise,
Prétendre gouverner l'univers à sa guise,
Épuiser en impôts le commerce et les biens,
Et sabrer des millions de braves citoyens......

O pauvre humanité ! Que ton sort est à plaindre !
Que d'écueils et de maux n'as-tu pas lieu de craindre !
Jusqu'à quand l'intrigant , jouant la probité ,
Ne sera su qu'après son infidélité?
Jusqu'à quand la vertu , cette fille céleste,
Sera-t-elle ici bas comme une œuvre indigeste ?
Ah ! que ne peut-on voir sur le front des mortels ,
Des grands replis du cœur les secrets éternels !
Vîte on démasquerait tous ces êtres cupides
Qui, pour tout envahir , sont séduisans , perfides;
On connaîtrait encor tous ces hommes de bien ,
(La terreur des méchans et des bons le soutien)
Et régis par ceux-ci , sous des rois débonnaires ,
Que le ciel placerait dans les deux hémisphères,
On verrait la justice étaler ses bienfaits ;
On la verrait poursuivre et punir les forfaits ;
Egale enfin pour tous , sous ces rois équitables ,
Elle atteindrait alors petits et grands coupables ,
Et l'avocat certain de n'en pouvoir sauver,
N'oserait plus produire un moyen mensonger.
O sainte Bonne-Foi ! des vertus tendre mère ,
Qui , pour tous les méfaits , désertas notre sphère
Quitte le Paradis, descends du haut des cieux,
Pour venir de nouveau résider en ces lieux ;
Hâte-toi d'accourir , douce âme de la vie !
Tu seras désormais partout bien accueillie;
Mais séjourne d'abord au milieu des Français,
Et fais couler sur eux tes célestes bienfaits;
Nourris , entretenus de tes leçons divines,
Leurs fruits ressembleront à tes fleurs purpurines.
  Peuples ! qui jouissez du bonheur de la paix ,
Remerciez le ciel de ce rare bienfait;

Priez-le constamment pour l'auguste alliance,
Qui vous a délivrés d'une horrible puissance ;
Qu'il comble de bonheur le magnanime Czar,
Si digne d'un empire et du nom de César !
   Cependant ne crois pas, ô Prince que j'admire !
Que l'ardent Français soit moins digne de ma lyre :
Peut-être n'eûs-tu pas l'avantage emporté,
Si pour son lys auguste il n'eût été porté,
Et s'il n'eût eu horreur des cent guerres iniques
Que faisait Bonaparte aux rois, aux républiques :
Le Français, attentif, lassé de ce tyran,
Te voyant un ami, plutôt qu'un conquérant,
Et désirant ravoir ses Princes légitimes,
(De malheurs inouis trop illustres victimes)
A pu calmer un peu son esprit martial,
Sans craindre le héros du monde glacial :
La Hollande, la Prusse et toute l'Allemagne,
La riante Italie et la brûlante Espagne,
Sont des témoins récens de sa haute valeur ;
Toi-même tu ventas sa belliqueuse ardeur ;
Mais, hélas ! plût à Dieu que l'objet en fut juste !
Plût à Dieu qu'on n'eût fait aucun martyr auguste !
Plût à Dieu qu'on ne sût des millions de mortels,
(Dignes pour la plupart de regrets éternels)
Détruits diversement, restés sans sépulture,
Et d'animaux cruels devenus la pâture !
Ses lauriers de Cyprès ne seraient surchargés,
Et par des flots de pleurs ne seraient submergés : ...
Pourtant, daigne agréer sa vive gratitude,
Des biens qu'il a reçus de ta sollicitude :
Ho, Renommée ! annonce à la postérité,
La valeur d'Alexandre et sa dextérité.

(9)

Et toi, vaillant Français! sois joyeux à l'extrême,
De revoir tes Bourbons ceints de leur diadême :
Sous leurs puissans aïeux, pendant près de mille ans,
Les nôtres, bien unis, ont vécu fort conteus ;
Ces braves rejetons imiteront leurs pères ;
Mais, pour le mériter, sachons vivre en bons frères :
Une heureuse harmonie effacera les maux
Que la guerre a causés aux cités, aux hameaux ;
Elle nous donnera des moissons abondantes ;
Dans peu nous reverrons nos villes florissantes ;
Au combat nos chers fils ne seront plus traînés,
Pour être incontinent par le fer moissonnés ;
La fille au célibat ne sera plus contrainte,
Et pourra désormais se marier sans crainte ;
Le ciel, alors serein, comblera tous nos vœux ;
Il rendra nos pays féconds, puissans, heureux ;
Enfin les étrangers fourmilleront en France,
Et répandront partout la gaité, l'abondance :
Tels seront les grands fruits, ô grande nation !
Qui jailliront du sein d'une sage union :
Faisons donc tous, en chœurs, de ferventes prières ;
Prions Dieu de garder nos Princes tutélaires ;
Prions-le de bénir leurs courageux efforts ;
Et toi, Roi désiré ! (*b*) daigne oublier nos torts,
Daigne aussi recevoir notre humble obéissance,
Et répandre sur nous ta royale clémence.
Réunis, confondus sous des drapeaux de lys ;
Enchantés de ravoir nos bienfaisans Louis ;
Ravis de n'être plus d'un tyran les esclaves,
Nous en serons encor plus ardens et plus braves,
Et si des ennemis osent se présenter,
Pour les anéantir nous saurons tout tenter :

____

(*b*) Louis XVIII.

Nous ne souffrirons plus que d'Henri l'héritage ,
D'aucun usurpateur devienne le partage ;
Nous promettons aussi respect à nos voisins ;
Mais respect mutuel pour nos sacrés confins ;
Car , sachant étouffer , au cri de la patrie ,
Haines , dissentions , et donner notre vie ,
Nous pourrions repousser l'héritier du croissant ,
Serions-nous aux abois comme en quatorze cent ;
Mais , fasse hélas ! le ciel , puisse l'expérience ,
Apprendre aux rois à vivre en bonne intelligence !
Puisse aussi chaque peuple être dans le devoir !
Puisse enfin le méchant cesser d'être en pouvoir !
Alors le vrai bonheur renaîtra sur la terre ;
On ne gémira plus des fléaux de la guerre ;
Les peuples à l'envi chériront tous les rois ,
Les rois , comme jadis , pourront régner sans lois ,
Et cet état heureux ressemblant au bel âge ,
Dieu poura s'aplaudir encor de son ouvrage.

O Louis seize ! ô Roi ! modéle de vertus ,
Qui chérissais ton peuple autant que fit Jésus,
Et qui , tout comme lui , fus la triste victime ,
De méchans qu'il voulait garantir de l'abyme ;
O Reine malheureuse ! . . . Infortuné Dauphin ! . . .
O Princesses ! . . . Enfin , toi valeureux d'Enghien ! . . .
Qui par l'atrocité d'une horde infernale ,
Tombâtes sous les coups de la hache fatale ;
Vous hélas ! dont les morts sont autant de forfaits
Dont la terre et les cieux frémiront à jamais ,
De mes larmes souffrez que vos tombes j'arrose...
Souffrez que j'y répande et le lis et la rose...
Ah ! que n'est-il en moi de vous ressusciter !
Ah ! que ne puis-je encore au trône vous porter !

De vos brillants palais vous verriez l'allégresse
Qui dépeindrait des francs la plus vive tendresse ;
Chacun s'empresserait en ce jour de bonheur ,
De vous offrir sa vie et vous donner son cœur ;
Mais stériles désirs !... Inutile pensée !...
Dont aujourd'hui mon âme est vainement brisée ,
Puisque du Très-haut seul l'incomparable main ,
Peut redonner la vie au méchanisme humain.
Eh ! pourquoi regretter de vivre en ce bas monde ,
Quand tout n'est que tourmens ou misère profonde ?...
La pourpre et les honneurs ne sont que passagers ;
Des rubis , des zaphirs les rayons sont légers ;
En un mot tous les biens de la machine ronde :
Sont hérissés d'écueils et passent comme l'onde :
Ceux du ciel , au contraire , immuables , constans ,
Sont à l'abri des coups et des revers des temps.
Ah ! cessez de gémir, victimes innocentes !
Vos armes sont enfin à jamais triomphantes ,
Et vos sages parents , trop long-temps outragés ,
De vos malheurs communs sont à la fois vengés
Reposez donc en paix , ô manes vénérables!
Et recevez de dieu les dons inaltérables...

Et vous, braves soutiens du trône des Bourbons ,
Lâchement immolés par d'affreux furibonds !
O vous surtout Foulon , et Berthier et Flesselle ,
De Launay , de Favras , Custine et Dublézelle ,
Vous aussi Duchézeau , Constard , Cussy , Fauchet ,
Grange-Neuve , Antiboul , et Lauze de Perret !
Enfin , vous tous , hélas ! dont la nomenclature ,
Formerait de vos noms une énorme brochure ,

Agréez en ce jour mes douloureux accens ;
De vos nobles travaux recevez mes encens ;
Exempts de noirs soucis et de vicissitudes,
Jouissez à jamais des huit béatitudes ;
Oubliez des méchans les insignes forfaits ,
Et recevez des bons les éternels regrets...
Mais toi , franc de Perret , accepte de ton gendre ,
La nouvelle oraison qu'à ton ombre il veut rendre ;
Jouis avec Louis , auprès du Tout-puissant,
Du prix de tes efforts pour ce Roi bienfaisant :
Hélas ! que n'ai-je pu chasser le noir orage ,
Qui des morts t'a poussé sur le fatal rivage !
De tes sages conseils j'aurais bien profité ,
Et de tes entretiens fait ma félicité ;
J'aurais charmé tes jours , pris soin de ta vieillesse ;
Chacun de mes enfans t'eut fait mainte caresse...
Mais , vœux tardifs ! permets donc que sur ton tombeau,
Je répande des pleurs et fasse un deuil nouveau...
Et toi ! daigne prier pour ta triste famille ;
Daigne prier sur-tout pour ta première fille ,
Qui tout en te perdant , perdit encor son bien ,
Sa dot , restée au fisc , ne lui produisant rien ;
Fais que le Roi des Rois , de son céleste trône ,
D'un regard paternel promptement l'environne ;
Sans cesse elle t'en prie , au nom de nos enfans ,
Qui, par ma bouche aussi, t'offrent leurs faibles chants ;
Fasse le ciel , hélas ! que tu puisses m'entendre ,
Et qu'ils soient plus heureux que ta fille et ton gendre !

. . . .

. . . .

10 mars
1815.

Le démon de discorde , ô trop généreux Francs !
Vient de rompre ses fers pour vous percer les flancs :

Exilé ; que veut-il ? du sang et du carnage !...
Qu'il sache que son nom pour l'homme est un outrage!.
Qu'il sache que Louis , notre vrai souverain ,
Est aussi fils de Mars , et surtout très-humain !...
Partons donc sous les lis qu'un vif honneur décore ;
N'attendons pas qu'un tigre en détail nous dévore ;
Qu'aujourd'hui la pitié ne nous séduise plus !
L'olivier au méchant fut toujours superflus...

. . . .
. . . .

Mais , quels sont tes destins , ô ma chère patrie !
Pour être de nouveau par ce Corce envahie ?
Quoi ! ce monstre infernal , oubliant ses sermens ,
Ose encor violer , le droit sacré des gens ?
Comment ! il osera, tassant crime sur crime ,
Tenter de détrôner son Prince légitime ?...
Eh ! de quels noirs démons est-il donc possédé ?...
N'a-t-il sur ce forfait nullement médité ?...
Veut-il , ivre de sang, et comme une furie,
Détruire l'univers ?... O ma chére patrie !
Ne seras-tu rendue à ton vrai souverain,
Que palpitant des coups de ce Corse assassin ?...
Mais quoi !... Comment !... Grand Dieu Par quels!...
    Affeux prestiges ,
A-t-il à nos soldats fait humer ses vertiges ?...
Quoi ! ces guerriers par lui mis naguère en lambeaux ;
Ont pu quitter Louis pour un chef de bourreau ?...
Quoi ! ces braves enfans , partageant sa colére ,
Par un zèle insensé poignarderaient leur mère ?...
Eh ! d'où peut donc venir ce fol avenglement ?
Qui peut de ses desseins les rendre l'instrument ?

21 dudit
mois.

Est-ce la *liberté* qui, séduisant leur âme,
Les porte à déserter notre antique oriflamme?...
Non : ce Caméléon, imitant Mahomet,
A su flatter leurs sens et gazer son projet,
Et distillant sur eux tous ses poisons perfides,
Il médite lui seul de nouveaux homicides :
Non : ces braves guerriers, par ce monstre égarés,
Sont, du moins la plupart, surpris et non tarés ;
Mais, bannis tes soucis, la justice divine,
Jalouse de briser cette épée assassine,
Et cédant aux clameurs de son impunité,
A permis qu'il conçût cette témérité ;
Elle a permis enfin que ce fameux parjure,
De ses forfaits sans nombre il comblât la mesure,
Et ces foudres affreux qu'il brûle de forger,
Seront pour lui bientôt un funèbre bûcher :...
Sois donc prudente et calme au milieu de l'orage ;
Ce parti fut toujours le refuge du sage.

Et vous, vaillants Bourbons! ô vous prudent Louis!(c)
Surmontez vos chagrins, sauvez votre pays :...
Si quelques insensés ont pu vous méconnaître,
Si quelques factieux ont pris un autre maître,
La masse des Français rejette ce faux Roi,
Et ne veut obéir qu'à votre unique loi......

. . . .

. . . .

Trompettes et clairons, haut-bois, bassons, timbales,
Clarinettes, tambours, fifres, sistres, cymbales !
Raisonnez et chantez le *triomphe des lis* ;
Bonaparte est encore battu par les Louis,

14 juillet
1815.

(c) Louis XVIII.

Et la vertu brisant les ressorts de ses crimes ,
De son trône usurpé le perd dans les abymes.,.
D'autres voix , après vous , raconteront comment
Le ciel a confondu ce monstrueux géant ;
Elles diront aussi comment sa grande-armée
Fut, en quatre à cinq jours , détruite ou dispersée...
Jusque-là , publiez en tous lieux et pays ,
Que les aiglons Corsais sont tous anéantis ;
Qu'éblouis de l'éclat de nos lis respectables ,
Ils sont allés soudain rejoindre leurs étables ;
Annoncez que le franc , chérissant les Bourbons ,
Brûlait de refleurir sous leurs divins rayons ,
Qu'au burin ne pouvant encor dicter sa joie ,
Aux échos agités, chacun d'abord l'envoye...

O mes contemporains ! prions, prions le ciel ,
De chasser à jamais l'air pestilentiel
Qui , depuis vingt-cinq ans., exerce ses ravages ,
Sur nos champs nourriciers et dedans nos ménages ;
Prions-le de bénir notre bon Souverain ;
Qu'il grave ses vertus sur nos cœurs et l'airain !
Que du grand Henri-Quatre il féconde la fille ,
Et protège en tous temps son illustre famille !
Que nos petits neveux , instruits de nos malheurs ,
Se gardent de sucer nos funestes erreurs !
Qu'enfin la *liberté*, cette hideuse mégère ,
Soit circonscrite et mise au rang d'une vipère ! (*d.*)

(*d*) Naturellement ennemi des révolutions ; victime, à
différens titres, de la nôtre, et profondément affligé des
assassinats sans nombre, et des maux inouis qu'on a commis,
au nom et sous l'étendard de la *liberté*, on me pardonnera
propablement d'avoir en horreur cette hydre épouvantable,

Tels sont les vœux ardens , Auguste Potentat !
Que je forme pour vous , vos parens et l'état ;
S'ils peuvent être au ciel , comme à vous , agréables,
J'oublirai volontiers tous mes jours lamentables....

---

qu'on peut, à juste titre, considérer comme la principale cause des calamités que la France éprouve à son tour, puisqu'elle fut l'arme magique et meurtrière que les Républicains et Bonaparte lui-même, dans le considérant de son addition à sa constitution, ont employée pour fasciner les yeux de la multitude, nous enchaîner et satisfaire leurs criminelles ambitions : je voudrais même, que le mot *liberté*, d'après l'abus cruel qu'on en fait, fut retranché de tous les idiomes, et que les hommes, appelés à discuter et préparer les lois, se servissent, dans leurs considérans, des mots *justice, raison, sagesse, prudence*, ou d'autres équivalens. Étayés et aidés des règles solides et immuables sur lesquelles ces mots reposent, les législateurs ne risqueraient pas de s'égarer, comme l'ont fait nos innovateurs modernes, qui, après avoir tout embrouillé, ont été forcés de revenir à ce que nos Rois et les pontifs avaient consacré. Le mot *liberté*, au contraire, est un mot vide de sens. arbitraire, et un instrument magique, dont l'ambitieux se sert, même aux dépens de ses suppots, pour renverser les souverains dont il désire usurper les pouvoirs et lestrésors : au surplus, ce que j'en dis, est pour l'intérêt des Peuples et prémunir les générations futures contre les pièges qu'on pourrait leur tendre.

FIN.

Mes aïeux constamment ont chéri les Bourbons ;
Toujours mes fils et moi, comme eux les aimerons :
Je porte un nom sans tache et je vis sans intrigue ;
Je dis, vive le Roi ! jamais vive la ligue !

CHANSON

DÉDIÉE A SA MAJESTÉ L'EMPEREUR ALEXANDRE

ET AUX GRANDS BOURBONS EN FRANCE.

Air : *Vive Henri IV !*

Vive Alexandre !
Cet empereur vaillant,   } *bis.*
Pour se défendre
D'un aigle turbulent,   } *bis.*
Le battre et le prendre,
Il a tout le talent.
Vive Alexandre ! etc.

Par son courage
Le Corse est terrassé,   } *bis.*
L'anthropophage
Du trône est expulsé,   } *bis.*
Et pâle de rage
Au cocyte est chassé.
Vive Alexandre ! etc.

Les fleurs de lys
En France enfin renaissent,   } *bis.*
Et les Louis
Au trône reparaissent;   } *bis.*
Que leurs amés fils
Jamais ne la délaissent !
Vive Alexandre ! etc.

Aux grands Bourbons,
Vrais souverains de France, } *bis.*
Amis, prétons
Serment d'obéissance, } *bis.*
Et recimentons
Notre arche d'alliance.
Vive Alexandre ! etc.

Louis le sage,
O Franc ! veut ton bonheur, } *bis.*
Si ton langage
Seconde son bon cœur, } *bis.*
Son noble courage
Guérira ton malheur.
Vive Alexandre ! etc.

BOUTROUX-LAUZE,
Rue Bayeulle, n⁰. 1.